另一种时间

诗七十八首

张毅伟　著

北京联合出版公司
Beijing United Publishing Co.,Ltd.

自序

类似考古，类似心理分析，类似玄学。

诗组合了一个感受中或者是希望的世界，并且毫不顾及是否真实。

诗有另类的时间和空间。诗中的串联、组合、暗示、冲突都超越了一般意义上的表达，也因此另类。

诗人好似外科医生，把事物切割开来，突显某个部分，又把各部分随心所欲的缝合在一起。他们就这样忙着。

想起顾城和我的合影有两张都闭着眼睛，当时不明白他的寓意。

张毅伟

写于2014年3月

目录

河流的秘密

一

鱼群的编队驶向目标
史书上的伏笔　难以搜寻
与我在夏天里相遇的
那个渔翁　不再认识我

风把水幕拉开
历史的封面精制而沉重
我的阅读不如鸟的阅读
无法知道所有的沉没

我喜欢写在玻璃上的留言
它们比纪念碑透明
如果往事会流动
他们就是今天

二

鱼感到窒息
文字需要澄清
垂钓者在反省人生

陪伴你的植物如同舞女
你在减压仓里
逃离安静

天空的透明让你小心
你的情感犹如鱼线
潜入戏剧的深处

在老师画出的图形里
只有默默的坐标
没有鱼群

三

冰薄薄的皮肤
把你的恐惧暴露无遗

被文字遮住的
不仅仅是精湛的阴谋
还有黑暗中的航行

你的绿来自蛇的眼精
让溺水者颤栗

四

水草　在巫术中摇曳
她们的歌声永远是秘密

我从河水里打捞
占卜之后被遗忘的
湿淋淋的文字

只有河流是真实的
在她和火之间
保持了诚实的距离

在水中　你没有伤口
一直到你死去

我们被告知
应该去阅读
时间在水里的版本

五

让我们感知
在你我之间接通电话的
那条河流

你在唐诗的那端
我在宋词的这端

河流连接起

那些朦胧的意思

而被收录在你梦中的澎湃

召唤你　把课本

翻到最深处

波浪迎面扑来

轻轻摇出的卦象里

我们被安放在河中

活着

活着
在始终没有阳光的屋子里
一次次写下
对阳光的眷恋

活着
站在阴郁的窗户面前
让爱情的绿树
在孤独的眼睛里生长

活着
透过一片片背影的空白
看清每一个
蜷缩在烟囱里的夜晚

活着
翻开笔记里每天的黄昏

画下周围
密密麻麻的眼睛

墙

薄薄的阳光
仿佛涂抹在画板上的
陈旧的颜色
从你的表面
悄悄地剥落了

衰老的你
裸露着躯体
当风把尘土吹落
你的每个伤口
每条裂缝
都显得深刻
和清晰

你承受了一切
却默默无语
只以饱经风霜的面容

表现出一种
沉郁的色调

在夜晚
和树木的影子里
并且　还由于
月亮的升起
你　变得苍白了
每个伤口　每条裂缝
都述说着
过去的故事

阴影

阳光的金色里
铁的栏栅
投下的黑色的影子

树林的绿色里
随着鸟鸣
缓缓移动的枪口

爱情的春天里
敛起了笑容的
少女的脸

大海的蓝色里
掩映着的
褐色的礁石

树林

无数笔直和弯曲的
光秃秃的枝丫
终于抒发出
星星点点的绿色

单调的树林
飞来了苏醒的鸟群
每一棵树
都不再感到寂寞

随着鸟鸣
和叶子生长的声音
破碎的冬天
从枝干上剥落了

春天微笑着
从四面八方走来

她打开芬芳的画册

树林就变得年轻了

四月

四月
墙壁和纸都是湿的
盐是湿的　因为季节的多情
我总是习惯把文字
唯一没有被淋湿的地方
一点一点写在内心深处

雨水一页页
目光扩散开来
那沙沙沙沙的声音
使人不断反省
你留在夜晚　能否看清
一只中断的歌曲　歌唱着
雨水丰富
心就要发芽了

或者我就是土地的芽

此刻走出冬天的屋子

看着天空雨水丰富

穿一件过去穿过的衣服

让它重新潮湿

年龄

冬天里　也有芬芳的日子
仿佛是果实中的核心部分
我们的周围充满了温馨
季节已不再说明什么
感觉的火把开始明亮
照彻了心中幽暗的路径
就这样　我们带着自己
和突然感到的一切
在冬天里匆匆走过这个年龄
然后用刀子切开一个
香甜的苹果　再现出其中
那一颗颗默默的心

濛濛

听说了你的名字
我突然感到狼狈起来
濛濛　不就是一种细雨吗
如果再一次被淋湿的话
我就没有替换的衣服了
还怎么去听你弹琴呢
你喜欢弹琴　弹奏瓦片
弹奏高高低低的木头房子
一支心里的歌淅淅沥沥
我坐在拥挤的电车上想象
你的每一个旋律
都和明天的秘密有关
我太喜欢你的歌了
虽然我冷　却还穿着湿衣服
一次次跑来找你
而当你在背影中
缅怀过去

你所有的声音

都落在了我的心里

有雨的日子

气象报告说
今天中午前后转阴有雨
上午有一会儿太阳
然后下雨雨量一定中等
你们出发并且失踪了
是去寻找
那片几乎是虚构的雨吗
你们早就在预谋
躲开这个城市
躲开蛇一样的柏油马路
你们说汽车开来开去
每天掀起尘嚣
使属于你们的天空
像洗不干净的手帕
每天都这样说不清楚
幸好气象报告说
今天是有雨的日子

于是你们愉快地失踪

这样就可以洗去几十年来

都市的喧嚣

你们为什么不召唤我

让我们一起

湿淋淋地

在失踪中寻找

画面

冥冥中的你

期待着被目光划亮

没有地平线

那个收获的季节

仿佛是荒原

连麦子都是黑色的

颜料铺开的寂寞

远方的风

只是你的透明的想象

颤栗着的萌动

勾划出淡淡的呼吸

土地在一起一伏

孕妇正无声地分娩

因此你期待着

把一道道清澈的目光

汇集成光明

发现

我开始发现自己
慢慢地　忘记了愤怒
作为财富的诗歌
只养活属于自己的女人
我知道我身体内部的结构
有了变化　物理性质的那种
感到舒畅的决不是我
是被固定在屏幕上的图像

我想解释人与人之间
永远相同的部分
那些被酒灌醉的季节
医生们文雅地拿起刀子
教科书是雷同的
好像阴雨的下午一样
我想说出我们之间的关系
其实这没任何困难

另一种时间

夜晚　在你的心里
充满暗示的声音
冥想的怪鸟　时隐时现
不断搅扰着你　夏天
被描摹在冰冷的墙壁上
往事栩栩如生
遗忘留下的空白
决定了你
将要永远失眠
连接起黑白相间的岁月
那阴影的风筝
开始牵动你
飞翔　回到过去
折叠起每片温情的阳光
精心制作梦的片断
而历史　在睡去之后
开始进入了另一种时间

钥匙轻轻转动

钥匙轻轻转动

在你颤抖的手中

季节交替

海的情绪开始变蓝

日子　被打开

通往四方的门

被打开　金色的琥珀

那昏睡千年的蜘蛛

已爬出了

渐渐融化的时间

而沿着河流的走向

昨天的鸟衔着回声飞来

寻找你的窗口

你终于见到了

被隔绝很久的消息

困难的对话

阳光射进窗户
房间像被拉出的抽屉
始终紧闭的门扉
是书中最沉重的一页
我们仿佛是在大山的两边
进行困难的对话
也许就在这样的时刻
海的涛声变成石头
变成滚动的冰川
被写在日记里的
不仅是感情的契约
还有难以记载的语言
可我还是听见你
时钟的铃声断断续续
像在敲打什么
也许就因为这样
我们才不陌生

做梦的时候

做梦的时候

你觉得冷

于是你想起冬天

在小房子

你试着去抚摸

昨天的火焰

它依然属于你

你说只有一条路

通向那首曲子

只有一个季节

感动过你

即使是在梦中

你也不愿使冬天

成为过去

你想留下这一幅风景

为自己　为曾经

有过的风

雪和憧憬

我愿意和你
回忆冬天的海上
再唱一次
用痛苦谱成的欢乐颂
我想　当冬天又一次来临
我们还将梦见什么

鲜红的土地

你的世界充满秘密

哪些幽暗　花朵的象征

一片开放出欲望的土地

鲜红并且激动不安

在这里　树藏匿自己

情侣一般深深的隐秘

等待悄然无声

当风从这里灼热地吹过

半明半暗中

仿佛有雨的的声音

于是　你所孕育的全部真实

就这样抽泣着诞生了

而永久的火焰

开始了另一种燃烧

以自己的舞姿召唤着

原始生动的热情

冥想

我坐在桌前
抚摸地图上窄窄的
海峡　风很凉
空白是一把椅子
放在历史的平台上
没有人走近
在转换成绿灯之后
时间穿越过去
依靠在对岸

刚刚归来的候鸟
开始啄食文字
很难说消息是否真实
那虚构的漫天大雪
好象远古船队的白帆
我突然明白了
海的边缘
也是梦的边缘

你期待着又一次

你期待着又一次
又一次很美
秋天为你说明疯狂的果实
说明候鸟的孤独
又一次　爱情的季节断裂
枫叶依然是多情的象征
你习惯了回忆过去
过去是一件衣服
为你保存了风雨

又一次　你重新看见
你的情人沉默着
独自行走在雨中

题S的画

天空沉寂

树仿佛永远在等待着

结局　谁都无法预测

我们将怎样再生

在哪一片雨里播种

命运果实凝结着时间

河水静止　船载满夜色

停泊在困惑之中

一年一度的收获并不是

唯一的　我们

渡过岁月的险滩

还是难以描绘未知的形象

那很久以前开始的

一代一代的渴望

再没有终止

雨声

原谅我提醒你
雨声不会告诉你什么
它只是来敲你的门
敲你四月的窗子
那丝丝点点的声音
仿佛是在编织你
于是你睡　于是你醒
于是你想起几千年的
雕栏玉砌
在自己优美的想象中
你成了一位远方人
如雨的零零落落
如雨的淅淅沥沥

鸽子

鸽子在墙上张开翅膀

毕加索死了

人们都羡慕他的遗产

讨论那巨大的数字

鸽子被带到陌生的地方

展览　这个城市却没有玉米

那用金黄色表现丰满的

玉米粒啊　鸽子张开翅膀

欢迎故事里的姑娘们

挽着情人的手　走过这里

鸽子数着地上的烟蒂

毕加索死了

你有本事你就飞吧

加入信鸽协会

把身份证套在脚上

或者乘着夜色悄悄逃走

去啄破这个城市

所有的灯

黄昏街头

这是街的尽头

没有梦　那尊雕塑

表情淡泊

这嘈杂的黄昏

你的约会　响起音符

奏出人来人往

想起只有一个苹果

孤独的童年

月宫里的树并没有

遮蔽住风雨

你被淋湿在童话里

每句胡话都是诗

人们都开始喜欢你

于是你感到晕眩

听见有声音说

在路的拐角处

你的命运在等你

最初的房子

没有门窗

最初的房子很旧了

你的记忆刷新表层

四个季节的组合

结构一成不变

衰老的是你

你们彼此熟悉

墙上的平底锅

诱惑你回去

你的衣服被弄脏

你被晾在空空荡荡的走廊

一根连着白天黑夜的绳子

提醒你该怎么生活

怎么躲避雨

雨和诗人

雨在所有的日子里
留下了一个空隙
你因此得以出走
像被释放
离开那收留过你的
朝北的房间
带着潮湿的风衣
和潮湿的梦

你点燃香烟
站在街头回想
哪些有雨的日子
此刻　雨已成为
日记中的背影

黑色雨

黑色的细雨沐浴着
这个冰凉的时刻
你将收获火焰
冬天的栅栏正在倒塌
刚刚被吹的那一岁
是柔和的　你的颤栗
面对沧桑的颤栗
已经变成雨　变成诗
淋湿了我
温暖了我
我终于明白了
我只是这个冬天的
一个部分

情人

有一个人在预谋杀你
他想看看你的心里的风景
他策划了很久
他知道你的心在哪里

秋天本来是单调的
你却同他一样
喜欢秋天的细雨
或者　他们都把秋天
看作是一次机会

他策划了很久
在精心炮制的脚本里
他有意把夜色抹得很深
而你　对于他手中
那如血如火
那如泣如诉的红玫瑰

却没有感到可疑

有一个人在预谋杀你
他想看看你心里的风景
他策划了很久
可是　你微笑了
把这一切疏忽了

茅庐

今天是吉祥的日子
你做了一回吉祥的梦
梦里你预演了未来的战争
你见到了将要显现的巨龙
从地下涌出的水
布满你的周围

而火的神灵正在召唤你
是出门的时候了
你把天下的事情想了又想
想理出个头绪

你的一身都展示在
这场梦中
风吹在冰上
兵器铮然有声

这是阴柔的冬天
可是你感到暖和极了
你知道太阳这时升起

并且照耀

自有它的道理

不用占卦

卦象早已在你心中

让你透过凶险看到吉祥

看到刚健的马

空城计

最后你独自一人
端坐在高高的城楼之上
犹如彻悟的孤僧
心中空空如也
你知道空是无边的
此刻　你只想着弹琴
要把琴弹得好听
让声音飞散
像为春天引路的鸟
飞出重围
那些围着你的人
不会知道你心中的孤独
你在城楼上俯瞰
俯瞰众生　也俯瞰自己
你舒展手指
拨响生和死的琴弦
那坦然如同流水

让人惊恐让人陶醉

你早已明白了

这世间的真真假假

早已开启了

所有的城门

火攻

那天夜里有风

掠过你夏天的梦境

火成为你喜欢的舞蹈

你端起酒杯

让热情流过自己的心

应该承认

燃烧是一件美丽的事情

你把它写进日记

于是火成为你手中

一件柔软的兵器

你用火涤抹出浓浓的底色

衬托厮杀　搏斗

和你踌躇满志的心情

从最初的轰轰烈烈

到结束之后的干干净净

然后你坐着车

经过沉寂的战场

像要把火

收藏在羽扇之中

带回童年的梦境

哭周瑜

你渡江而来
像渡过棋盘上那
浅浅地楚河而来
你只想再会会
与你对弈了很久的
这一位周郎

他去了　你哭了
对于你输赢似乎
并不重要　你满怀伤心
只是此刻你想说明自己
还将奔波在
被划定的棋盘里
操戈操心
在失去一位对手之后
等待下一个结局

手是一种语言

手是一种语言

身上长出青草是一种语言

欲望的自生自灭是一种语言

紧闭的房门是一种语言

替情人点燃香烟是一种语言

放出猎犬是一种语言

躲在窗帘后面偷偷张望是一种语言

裸体是一种语言

想象中的姿势是一种语言

端起自己斟满的苦酒是一种语言

与蒙面人握手是一种语言

鲜红的舌头是一种语言

嘴唇是一种语言

唾液是一种语言

穿黑衣服的女人走过春天

是一种语言

梅雨季节

我无法向你描述
我所经历的梅雨季节
我像鱼一样生活
我的眼睛里长出水草
我的手在空气中划动
我在潮湿的思绪中漫步
我敲开雨季的家门
我听见屋中响彻雨声
我的铅笔发芽了

我知道每年的这个时刻
我都会写信给你
我总想向你描述
我心中的梅雨季节

三点钟的下午

重又像孩子一样醒来
倾听闹钟指针走动的声音
那是一颗单调的心
街上传来叫卖的歌曲
这就已经是下午三点了
三点　门为什么关得很紧
真不知到底是谁
犯了错误

塑料喇叭站在桌上一声响
它在沉寂中回顾以往
而总有人此刻哭泣
是孩子　是情侣
或者是疯子
玻璃窗似乎不太诚实
想遮住阳光
而阳光又什么也说不清楚
反正这是三点钟的下午

冬天感觉

我的感觉气候反常
我不习惯在恍恍惚惚中
想起眼下是四月

我们所经历的
是慢板快板交替出现的冬天
是响板柔板杂乱无章的冬天

整个世界气候反常
一只无形的手漫不经心
操纵着一切

苹果是黑的
月亮是红的
被剁碎的情绪如此完整

那个冬天我什么都没有写

那个冬天我无所留恋

那个冬天我没有想过爱谁

夜话

我后悔自己
只剩下半个馒头
看阴险的雨一点一点下着
勾结成栅栏包围我们
你说你的外祖父
曾经是一个富农
我想你一定是很饿了
一个人感到饿的时候
消化自己的童年
该是多么幸福

究竟是谁为你点燃
第一支香烟　点燃爱情
你的目光在夜色中蔓延
我还怎么写诗呢
当我们谈起人类很久以来
一直有着的关　节　炎

静物

石头散乱着
在你随意涂抹的
风景里　女人和孩子
留下淡淡的背影
你用想象追寻
那条神秘的走廊
连接着晴朗和隐晦
没有偶像
只有一只远古的瓷碗
曾经盛满雨水
被高高举起　祭天
祭祈传说中的神灵
像是生怕弄碎什么
那声音很轻
你还是听到了
石头在一层层碎裂
植物的根须在叹息

还有很久以来
心被季节染成各种
颜色的声音

今夜的沼泽地

今夜　我突然想
携起你的双手
走过这一片沼泽地

无论怎样的结局
都成为诱惑
是我们失去平和

夜色　殡葬着什么
也许陷落本身
就是一种美丽

另一种时间的山谷
在寂寞中期待我们
期待着又一次受孕

其实　这故事非常简单

没有想象中的英雄

没有哀怨的美女

关于秋天

我居住在公共场所
四周墙壁围绕
彬彬有礼的乞丐走来
提议为命运干杯

这平平淡淡的九月
犹如每天的爱情
匆忙中　我被推上
从夏天到秋天的航程
同另一些人
成为危险的邻居

而秋天　只使我们
成为都市的风景
我想说秋天
是危险的　犹如我们
每天的爱情

无题

如同长久以来的期待
那包装精致的阴谋
使我陶醉
我开始领悟了
你的邪恶
你的迷人之处

过去已成为空白
果仁　这幸福的核心
被蛀虫咬空
在一个优美的故事里
收养了三个孤儿

天来了

天来了
天是从黑暗中来的
天是来寻找窗户的
白天我们感觉不到天
只是在这样的夜晚
天才来抚摸我们

我们就是这样长大的
太阳有什么用灯有什么用
我们眼睛里的天空是黑色的
活在土地上的人们
天空是很久以来的渴望
是流浪
是伸展的爱情

天覆盖在我们身上
我们不会感到寒冷

也不会感到炎热
夜晚的天空就是这样
这时候总是有些东西
离开我们
我们也曾想过要离开啊
可是天来了

梦中的运行

A

这夜晚浸在酒中
婴儿在其中哭喊

日子像衣服般滑落
肩头　时间的桅杆孤立
冬天的鸟

列车在梦中运行
你的梦沾满灰尘
无聊的五年长成一棵怪树

B

驶向音乐的雨中
驶向季节以外的地方

没有人来拦截我们

我们大声争吵
大声哭泣欢笑
我们搂抱在一起翻滚
公开自己隐秘的部分

充满性感的手臂
挥动节奏的手臂
其中有稻谷灌浆的声音
特别是在六月
欲望之河泛滥

情人们分列在界河两边
痛苦　你坐在我身旁
仅仅坐着

你的秋天

其实　秋天只在你心里
的某一瞬间展开
风从哪一个方向吹来
你早已明白
而此刻你曾想掩饰的
某种情思
已在不知不觉中被点燃
过去的历史绵绵不断
似群山起伏

在你满怀秋意的梦里
冷冷清清的房间
悬挂着昨天
这一切都使你感动
使你
变得像个孩子

关于你的目光

我知道你的目光
使一个男孩想了很久
仿佛感受温和的冬天
你的目光是一棵无法
摇曳的树　使人思想
然后说出一些与众
不同的话
我愿意你所凝视的方向
有许多焕然一新的
物质　转换成
某种情感　让大家
都说不清楚
有人说看一眼
就够了

弄懂一个人的美与不美
不是一个容易的事情

就像我们不明白月亮

的某种注视　而一个男孩

在你的目光里

想象出温暖

一九九一年十二月

心情

我无法想象
你的乳房
竟然会成为音乐
的一种　像轻松的鸟
要描绘它飞去的过程
并不容易

我知道在线装书中
圣人们怎样对待女人
对待酒
他们的训示含糊不清
像劣质的陈酒
让人感到晕眩

你的旋律摇撼着我
像风摇撼着树
欣赏你的一切

或许需要漫长的一生

或许只是一瞬

一九八八年七月

我同历史

我想同历史和好如初
这是五月　有雨并且沉闷
圣殿里的气温已高达四十度
夏天刚刚开始
谁都想脱光衣服
洗冷水澡
那棵天冷时被赞美的
不凋的松树也怕热

此刻　谁站得恭恭敬敬
谁就是傻瓜
据说天堂和地狱
并没有一步这遥
我还是想同历史和好
互相爱慕吧
趁没有人的时候
我们偷着吻了一下

一九八八年十一月

鱼骨

一群毫无恶意的人
宰割了你　分食了你
使你成为一件艺术品
然后　把你忘了
自那时以来你没有秘密
没有内心
你的痛苦就这样呈现着
美丽而又完整

那曾给你以柔情的水
已经不能体会
你的沉默
和你被人欣赏的心情
或者你从来就没有心情
你只是留给这个世界
一副骨骸
一种姿势

一九九〇年四月

沉思

水沉默着　鱼沉默着
宁静　有史以来
有人类的喧嚣以来

一旦走投无路
我们就互相牵挂
诱惑我们的究竟是什么

我们彼此靠得很近
又天各一方　遗憾的是
我们两手空空

想不起过去的痛苦
我们还能用什么
去祝福别人

在夜色褪去之后

大海显现出美丽
乌鸦显现出痛苦

那些渴望成功的人
并不明白　身败名裂
或许是一件好事情

候鸟来临

候鸟来临

春天是我们归去的日子

古人说往事如烟

我们决不再回首

古人说田园将芜

我们就在春天归去

归去到三月

三月的阳光里

唱一支杨柳依依的歌

如同候鸟

来来去去几千年

说不清自己是何乡人

从季节到季节

从人生到人生

通向你的隧道

通向你的隧道是黑色的
很长很长　我是伸开双手
摸索着走过来的
我累了　在温暖和潮湿中
像盲人一样触摸到你
没有太阳
我看见弯曲的黑色草
看见墙脚裸露的腹地
夜晚是狭长的　荒原
没有雨水滴滴嗒嗒的落
在你的身上
春天只是你晾在岩石上的
衣服　你把它晾了很久
看着风吹动这一件往事
看着自己的飘动
褪色的想象
停滞的仅仅是时间

你并没有荒芜的丰满
结出胸前的果实
并且浑圆地坐在
地平线上　犹如月亮
想要照彻孤独
而我的语言正在长满
绿色的斑点　用姿势
把我的动荡我的不安
告诉你

尤其是在江南

尤其是在江南
男人和女人
都是水做的骨肉
长江的水好像全部
蓄积在江南了
因此人们说这里柔情
似水　甚至皮肤
也一如水的颜色
河流池塘湖泊小溪的水
宛如舞步的一起一伏
眼睛的波光粼粼
甚至故事　甚至语言
都难以离开水
都叫人想到水
这江南的男男女女
该是怎样多情

遇见希望

以往　你穿上淡蓝的裙子
好像告诉我夏天来了
我一直以为全世界的夏天
都是因你而炎热的
只是判断不出
你究竟是有心还是无意
使世界变得这样火红
在没有雨的日子里
你也会撑一把透明的伞
和季节和天空隔着一层
就这样　你成了明朗和含蓄
以及季节交替的象征
并且使被灼热的太阳
囚禁的我　以及我心中的
常春藤　开始欣然
感到雨意

天气暖和了

天气渐渐暖和了
你拿着铁锹走出家门
去挖掘解冻的土地
很久以来你一直在盘算着
要把那棵罂粟　从灵魂的
房间里移植到外面来
整个冬天你都不平静
一直为她的美丽而苦恼
她在黑暗中灿烂
使你颤栗　你害怕了
像许多人一样你期待春天
这期待是一种预谋
你准备好了工具
想解脱自己
你厌恶这个冬天
你觉得它太长太潮湿了
其实　冬天是无辜的

那株罂粟

就是你自己

签

早晨　我陷在了一些
松软的事情里
我知道阳光下的瓷盘
在餐桌上等我
它的花纹非常具体
像那天被你
随手抽出的竹签
让人感到不祥
其实　不祥是美丽
投射在心里的阴影
我们或许就这样
吉凶难卜

起床时　我得到某种
启示　在墙的另一面
有我逃离的脚步声
我想给牙科医院打个电话

问问有没有你

告诉我的补牙的材料

那枚细长的竹签

更像一种手术器械

用它可以割断

牵连我们的情绪

一九八九年一月

春天老了

又是一个春天老了
连风也像是经过策划
吹来　让烧焦的树
成为一场灾难的纪念
阴谋铺在雪白的纸上
被撰写成寓言

工匠们敲敲打打
在完成伟人的塑像
呆板的　是挂钟
那笔直的指针
好像大街上警察的手臂

所有印在教科书上的节日
都只是轻轻地一页
我们望眼欲穿的未来
仅仅是一份忘了套红的报纸

一九八八年十二月

麻醉

你柔软的梦是
一件衣裳　黑色的
鸟怀着恐惧
深意里

你忘记了先哲们
在著作中　一再提示
所有的海誓山盟
与忠实的狗
孕育的痛苦

你不会找到那个早晨
在被揭露之前
风还是沿着秘密通道
散布花粉
做手术前麻醉

一九八九年四月

秋意

你读着我的所有履历
一直到这个秋天
你会看见它们只是
一些零乱的叶子

离开树丛的鸟
进入到我的梦里
我们一无所获

这是另一个秋天
与孩子的梦背道而驶
古代的马车载着我

一九八九年三月

垂钓

你坐在柔软的往事中垂钓
静寂的网　网住几千年
由于侥幸而存活下来的鱼
和你一样活得悠闲
你沐浴在过去的风里
你唱着高山流水
从空中垂下软软的鱼线
鱼在透明的水中仰望你
品味你的淡泊
你的诱饵也是淡淡的
谋杀　被谱成典雅的琴曲
流淌着一河甜酒
陶醉了许多人　在风里
你的胡须如鱼钓一样弯曲
并且飘荡起来
成为一种东方的意味深长

一九八八年十月

突然之间

没有礼物

我们两手空空

想不起正在发生的一切

血　还在心里流啊流

一遍又一遍

在喝醉了酒以后

我们去找昨天的朋友

可是我们两手

空空　想不起过去的痛苦

我们用什么去祝福别人

就在突然之间

我们都变了那许多年

陈酒也变成鲜血

继续发酵并且幽暗

充满着危险

一九八三年十二月

焦灼的夏天

瓦片　在焦灼不安中断裂
被拼凑成长长的夏天

我们从这一端跑到那一端
在断断续续中呼吸困难

号角已经昏睡了很久
它在等待风的履约

我们伸出的双手突然被灼伤
却找不到条款包扎伤口

全部的事实只刊登在晚报的一角
我并没有读懂那铅字堆成的正义

升高的温度让电话响个不停
我在裤袋里翻出忘了的约会

那是一场风雨里的走散
而季节却完全不像今天

当炎热覆盖了对话的暗示
我们将怎样表达爱情

我相信夏天的唯一理由
是谁都难以躲入宁静

百合花

拥有的往事都看不见了
剩下的只是心愿

合心愿的事情是美丽的
为此你开放自己

灿烂　只是瞬间的演出
期待却是一部美学的连续剧

你的名字是一个祝福
是结局　也是开始

午后

这是影子和你最近的时候
你们在相视中无言
因为陌生吗

心事　究竟隐藏在谁的心里
你们都没有述说

阳光把今天铺在你们面前
你的心跳如此温暖

这是让你感到突然的午后
在不经意的风中
你感动起来

蓝印花布

一份见证
记录着当时的蓝天和花朵

与曾经的爱有关

当阳光阅读它的时候
能看到云和芳香的飘动

爱或者被爱
美丽或者痛苦

那些当事人在哪儿

过去

乌云密布
你怎么也打不开
自己崭新的房门

花朵跟随季节的离去
仿佛预示着
将要发生的阴谋

你更换了约会的日期
更换了不再神秘的
电话号码

这房间是新的航空舱
装载你
离开过去

可是你还是忍不住

拨通了过去的
那个号码

过去已经无人接听

同学

一副很久以前的象棋
散落　被遗忘

只是棋子和棋子
还相互记得

有时散步过河
会相遇
会在默契中致意

有些迟缓
也不再计较输赢

那张棋盘老了
楚界　道路　兵营
都已模糊不清

夜

夜晚　一座疯狂的学校
给你布置了作业

你想把自己
安排到夜晚以外的地方

一部已经播完的连续剧
却包围了你

你只能想象另一个
熟睡的自己
和梦里的一些细节

你甚至想象了自己
被从梦中惊醒的那一刻

那一刻是早晨
一个被释放的场景

冬天

戴上围巾　看自己
你从镜子里
看见冬天的危险

白色救护车　赶去救助
已经苍白的爱情

你和雪人的握手
只是一瞬　就让你成为
站在街头的雕塑

指示灯亮了
风却把你推向相反的方向

在发出寻人启事之后
你要寻找的人　打来电话
告诉你
他在另一个季节

下雪

你替自己预约了一场大雪
为正在发生的一切
安排了一个单纯的背景

你觉得雪
是一种血液
让你的感觉轻快起来

其实　雪是一部无声的交响乐
落在你此时的感动里

而你　是一间朴素的小屋
已经被洁白的覆盖

你是否会忽略
雪的飞舞
正是未来和你联系

海边

海　一个词汇
被你握在手里
飘泊

磨砺了许久的卵石
你的心事
晾在沙滩上

你翻阅过去
夹在日记中的感慨
被阳光灼伤

海鸥正在穿越
很久以来
你存放在海上的梦想

而青春

也风化成礁石

一座一座　思想

阳光

寺庙的钟声在飘散
结成沉默的果实
落在我的肩头

我被提醒
离开秋天的时候
要沿着单行道走去

早晨我喝下的咖啡里
洒满了阳光
于是　我突然和太阳
有了明亮的默契

我刚懂得季节的意义
懂得果实和原因
我告诉大家
阳光是我的房间

而我　只是天天

在走动的一枚时针

这一年

这一年
是一块柔软的玻璃
你穿行过去
它无声的碎了

这一年
被写在卦辞中
那个被卦辞描写的人
踏着夏季的节拍而来

这一年
你离开自己的星座
而另一个版本的心跳
让你觉得陌生

这一年
是一本未来的五线谱

它的旋律若隐若现

好像一首老歌

茧

一年　结成一个茧
封存过去的时光

你的千丝万缕的情怀
成为一部作品

坚持　就是重复自己
重复单纯的思想

看上去很美
却看不见内心的以往

弥补

冬天里的温暖给你
一种弥补
仅仅是瞬间
阳光贴满你空空的相册

在你经历了温柔
和背叛之后
语言来找你
你却对它感到陌生

其实　你的恐惧
都和昨天有关
它们来自空白之处
那里曾经被你圈点

意义　这想象的花朵
永远被安排在明天开放

高度

年龄的水位上升
你的呼吸开始困难

被淹没的恐惧与生俱来
如同山峰的恐惧

你像歌唱家一样
努力寻找高音的位置

在你登高一步的时候
你站在了山上

病人

坐在椅子上反省
你身体的某个部分已经
被细菌攻占

输液瓶里的水滴
重新编排了你的时间
你在学习新的规则
在被检验

白色让思维变的单纯
单纯的让你不安

是到了重新审视的时刻
围着你的人保持着小心
而苛刻

被记录在病历上的
是一个审判

旧书

岁月最终成为一本
薄薄的书

黄黄的书页上
为你保存了
已经熄灭的灯光

你的青春往事排列成
一排排黑色的字
等候检索

那些往事中的人
都在书中沉默

我们无法重温当年
把思想变成铅字的欢乐

铅字　是过去的青春

读李商隐锦瑟

其实是五十根琴弦拨动了你的心弦
其实是缓缓的琴声使你想起曾经的爱情
其实是五十根琴弦拨动了自己的年华
其实是心中的琴声使你想念心中爱人

或者说雨声让你辗转在夜半时分
或者说风声让你听到花朵的凋零
或者说鼓声让你在黎明应官而去
或者说琴声永远是你心仪之人

你追忆蝴蝶满天的时刻
你回想满是杜鹃花的青春
你惘然柔情万种的时光悄然逝去
你知道时光会让玉石变成烟雾升腾

你有太多的失意就有太多的感慨
你有太多的理想就有太多的沉沦

你有太多的追求就有太多的失望
你有太多的爱情就有太多的哀鸣

应该为你的一生写上标题是无题
应该把对你的遐想安排在黄昏
应该把你的声音配上夜雨
应该说你没有光焰却依然光彩照人

是五十这个数字让你不堪回首
是五十这个数字惊醒你的梦
是五十这个数字让你想起曾有过的约定
是五十这个数字让你想不起琴声

读李商隐无题

诗可以无题　酒可以无题
只要心心相悦　情也可以无题

词可以无题　醉可以无题
只要心心相印　爱也可以无题

你一直在惆怅之中
也许你不想把惆怅写成你人生的主题　只写昨夜星辰
你一直在热恋之中
也许你不想把恋情告诉别人　只说身无彩凤

你描写了所有的景物你难于表达自己的感情　只信心有灵犀
五更有钟相思成灰刘郎有恨燕子闻叹

诗真的是可以无题吗　人生也可以无题吗
无题是一种无奈吗　你有藏在心中的题吗

或者你只是把题留给了自己
或者你只是把题留给了自己最爱的人

于是你留给我们的只是画楼西畔　只是蓬山万重
于是我今天读你　青鸟探看

要想像你的愁绪万千
要想像你经历过的风情万种

于是我今天想你　相见时难
你已来是空言去是绝踪　你还在走马兰台好似转蓬

我和你一样写不出的主题　永远是在梦里
我和你一样对人生的感悟　尽在无题之中

读李商隐夜雨寄北

商隐熟知诗中之隔
今夜却被隔在巴山
窗在隔　雨在隔　夜在隔　山在隔
他在想雨的那一端
山的那一端　夜的那一端

山被隔的另一端
有他想念的窗户想念的人
那位在问他归期的人是谁
那一问让他情如秋雨

雨给了他太多的愁绪
夜又让诗人变得脆弱

被雨水敲打的秋池是他的心
而想象中的烛光
会使他明亮起来吗

人和人之间有多少期待

有多少约定的归期

还有多少未有之期

人生是否只隔在今夜

后记

冬天里的雪声——读张毅伟的诗 / 钟文

1

　　写诗绝对是一种地下工作，它只是完全纯粹的个人独白，这种独白是灵魂的自由对话，于千仞之高、万里之远的灵魂逍遥。灵魂的独白是不需要向他人对话或彰显什么的，因为其隐匿自会得益于真实与太玄，真实又太玄就形成了诗的神秘心电图。这是诗歌的一个非常重要的特征。但是相反，一切的写作，包括写诗，它又是一种社会行为。它必须成为一种公开交流的活动。如果没有这一点，写诗的社会价值就会消失。这是诗歌存在的一个大悖论。

　　在当今中国，写诗的人很多，但在社会上广为人知的却寥寥无几。只是很少几位顶着大诗人的帽子昂然于诗的江湖之上，诗坛是十分寂寥的，而有的大诗人的诗实在也不堪卒读。而那些用心灵在写，而且写得很不错的人，他们往往连出生的机会也没有。虽然中国有众多的刊物刊登诗歌，甚至有专门的诗刊。但是中国诗坛绝对没有出现新人辈出、万象更新的气象。我已经数次发现如此现象，比如某人死去之后，她的朋友们把她生前写过的诗汇集成诗集在网上流传，拜读之下，令人惊愕。竟写得如此之好！但是她活着的时候，却根本无人知晓。在一个非常偏僻的地方，一个非常孤僻的灵魂，只是作她的独吟，不为社会任何人所知，一直到死才被人发现。在中国，难道我们一定要用挽词来对一个诗人作赞词吗？这让人非常悲伤，甚至残酷，这个残酷的原因，我认为不应该是个人的，而应该是社会的。

俄罗斯文学 19 世纪曾经如此的繁荣，是因为有像《祖国记事》《现代人》这样的以评论为主的杂志，因为有像别林斯基、车尔尼雪夫斯基、杜勃罗留波夫这样一大批有眼光、有担当的批评家。他们在文坛上发掘新人，推荐新人，其中托尔斯泰、普希金、果戈里、屠格涅夫等这些开始还只是文学的新星，经他们的极力推荐，最后成为俄罗斯文学的支柱。批评一定是创作的促进和引航，创作如果没有批评做某种支撑，创作将虚无到猥琐。

2

　　以上这段话，我是有感于张毅伟的诗歌而写。我认识张毅伟已经好几年了，但是一直不知道他是写诗的。后来突然知道他在 80 年代就已经写诗，我就催促他："把你写的诗歌集起来让我欣赏一下。"于是，张毅伟就把他这几十年间写的诗歌集了一本薄薄的诗集电邮给我。我读了以后非常惊诧，同时也很振奋。惊诧是因为在整个 80 年代的诗歌界，我们没有发现这一个名字——张毅伟。我把他的诗集传给了北岛和王寅，他们对张毅伟诗歌的看法与我相似。认为他写的诗歌非常独特，无论是诗意的表达，诗歌形象的塑造，都不逊色于早期的朦胧诗大家，甚至在今天的中国诗坛，他的诗的存在价值仍然是独特的，有价值的。由此，我才会写下以下的文字。

　　我引一首张毅伟的早期诗：《手是一种语言》，这首诗即便放在今天来看，都不失为一首经典。

手是一种语言
身上长出青草是一种语言
欲望的自生自灭是一种语言
紧闭的房门是一种语言
替情人点燃香烟是一种语言
放出猎犬是一种语言
猎杀动物是一种语言
躲在窗帘后面偷偷张望是一种语言
裸体是一种语言
想象中的姿势是一种语言
端起自己斟满的苦酒是一种语言
与蒙面人握手是一种语言
鲜红的舌头是一种语言
嘴唇是一种语言
唾液是一种语言
穿黑衣裳的女人走过春天
是一种语言

这首作于 80 年的诗，用今天的眼光来看都非常精彩。这首诗写了这个世界的诸多存在，仿佛毫无秩序地罗列，不分善恶的罗列……不分任何逻辑的罗列。它的这种无序与不评论正是要肯定人最自然也是最原始的欲望是人的全部存在的价值。生命无非就是欲望，否定了欲望，也就是否定了生命。蒙田说："人类最大的任务就是学会成为自己的主人。"实现这个任务首要的就是承认人的动物性的人性。人是什么？半是天使，半是野兽。人只有恢复到自然与单纯，才会向神性的召唤靠拢。正如尼采所说："恶的本能与善的本能一样，也是实用的、保存本性的、不可或缺的——只不过它的功能不同罢了"。（尼采《快乐的知识》，第 9 页，中央编译出版社，2011 年版）张毅伟的这首诗就是把人的性、情、爱、暴力、痛苦等等统统展示出来，让它们恢复到生命的自然状态、单纯状态，于是就肯定了人性的真实存在。"手是一种语言"，手是一种物像，但可作无穷变化的物像。语言这个东西又是人为了解释物像而创造的一种物质存在，但这个物质存在对于物像的表达永远处在不确切，有欠缺的位置上。把一个本身不能发现其完全真相的物像，和一个本身又不能充分说明这个物像的物化的东西并列在一起，作一个肯定的连接，这种貌似肯定的连接实质上是一种幻化，这是诗歌式的幻化。张毅伟的这首诗全然在制造这种诗式的幻化。诗歌的幻化如果表现得好，就会让想象在无穷的边际外延伸发展，产生无穷诗意的酵变。《手是一种语言》就是对人的存在，人性的存在作了无数诗的酵变的好诗。

3

尼采借用席勒的话说："诗创作活动的预备状态，决不是眼前或心中有了一系列用思维条理化了的形象，而毋宁说是一种音乐情绪。（感觉在我身上一开始并无明白确定的对象；这是后来才形成的。第一种音乐情绪掠过了，然后我头脑里才有诗的意象。）"（尼采《悲剧的诞生》，第 103 页，世纪出版集团，2011 年版）尼采认为，诗歌的起因是一种音乐情绪，他在另一个地方说得更极端，他说："语言作为现象的器官和符号，绝对不能把音乐的至深内容加以披露。当它试图模仿音乐时，它同音乐只能有一种外表的接触，我们仍然不能借任何抒情的口才面向音乐的至深内容靠近一步。"（同上，第 109 页）我们以前常常把诗歌和音乐作类同分析，这种类同更多说的是诗歌应该有音乐的韵律，或者应该有音乐的流畅，最多指的是那种直接打动人心的是音乐力量。实际上，音乐的最伟大之处是它在描述人的灵魂、精神、情绪上的那种复杂性，音乐情绪就是建构一个丰富而复杂的灵魂世界，这是音乐的伟大之处，也是诗歌的伟大之处。中国现代诗的一个普遍毛病就是一根主题线索直统统地贯彻到底，毫无波澜，更不复杂丰富。

张毅伟的诗有一个非常大的特点，他的诗绪和诗思很宽阔，很复杂。他常常从两个或几个方向去表达某种思绪和诗思。甚至这两种是相反的诗思。这不但无碍于诗歌的深度的表达，反而是相得益彰。可以说是思可相反，得须相成。这里引一首诗《夜话》：

我后悔自己

只剩下半个馒头

看阴险的雨一点一点下着

勾结着栅栏包围我们

你说你的外祖父

曾经一个富农

我想你一定是很饿了

一个人感到饿的时候

消化自己的童年

那是多么幸福

究竟是谁为你点燃

第一支香烟点燃爱情

你的目光在夜色中蔓延

我还怎么写诗呢

当我们谈起人类很久以来

一直有着的关节炎

像这样的《夜话》，在张毅伟的诗歌当中颇多，譬如《四月》《另一种时间》《沉思》《弥补》等等。这首《夜话》很明显，它叙述了"我"和一个朋友由对话而引发的很多动作和联想，但是它不是一个完整的叙述，不带故事性，它完全是跳跃的，从回忆到现实，从饥饿到到爱情，最后写诗是这样收网的"我还怎么写诗呢/当我们谈起人类很久以来/一直有着的关节炎"。这不是诗的总结，它要读者用自己的经历与体验去补充。这首诗没有现成的答案，只是设计了一个跳板，让读者的思想与感觉由此起跳。

法国思想家德拉兹是后现代主义的倡导者，他认为后现代人的思维的一大特征是：它不是一条直线，不是线状的，甚至也不是树状的，有一根主干树枝，向上引申出很多的小树枝。他认为真正的后现代思维是一种块状根茎植物，是从多元、多向、多维的面上去生发出无穷的感觉、思维和情绪，他称之为异质的多元。在中国当代诗歌中，异质而多元的诗思没有蔚然成风，张毅伟的诗在这方面有所探索。

张毅伟有一首《敏感时分》，这首诗中是写一对朋友的友情，他这样写"湖水高涨起来 / 弥合了一座断桥 / 雨在暗示 / 我们是否有过的约定 / 当沧桑在平静中落幕 / 美丽是被留下的意外 / 按照没有交换的约定 / 我们都没有老去 / ……你为我留下的背影 / 扩展成这动人的夏天 / ……写在签中的文字很短 / 掌纹中的期待那么漫长 / ……你是命运给我的电话 / 让我倾听属于我的声音"。这是一首让人能触摸到心跳声的友谊的歌。自然、物像、心声融为一体，从不同的方向相向相对地形容"我"与"他"的关系与情谊。这样的诗是诗人音乐情绪的形象化。整首诗对生活没有精确的回答，更没有定规的答案。正像他在另一首诗中说的："意义这想象的花朵 / 永远被安排在明天开放。"（《弥补》）

4

概括每一个成功诗人的诗作，都能看到一个现象，那就是他们的诗歌都会有一个几乎清晰的物像谱系图。物像包括一年四季大自然的各种各样的景像，包括生物、植物、动物等等，同时还有四季转换的种种景像，同时还包括社会存在的各种物像，这个范围非常之广。这种诗人所喜欢的钟爱之物，或者说是诗人所关注的欣喜之物，就构成了诗人诗作明显的谱系图，诗人所描写对象的谱系图科可以说正是诗人全部心思历程、诗思、追求、风格表现的一个缩影。所以这个谱系图中的物像既是物像，又不是物像；既是形象，又不是形象；既是心像，又不是心像。一个诗人与另一个诗人的区别最简单的检索办法就是排出各自不相同的谱系图，然后从这个区别中去探视诗人的思想与艺术的追求踪迹。

以前我们常常把这个谱系图中的某个物像的频繁出现归咎为诗人运用某种隐喻、象征的需要。这样的分析不全部对路。谱系图是多种物像的组合，丰富而又复杂，物像、形像、心像又是非常复杂地融合在一块儿呈现，其丰富的底蕴是诗人全部的诗思与诗歌追求的体现。

我曾经在评论北岛诗歌的时候，说他早期的诗歌有一个很明显的谱系图。北岛很少写白天，他更喜欢写的是晚上，而时序常常是从傍晚到清晨。在晚上这一段时间里面，诗人所写的大自然的物像，几乎没有月亮，而月亮是古今中外很多诗人喜欢写的一个物像，但北岛很少写月亮。为什么？因为北岛对付生活的宗旨几乎没有忧郁，他是一个典型的意志诗人。他最中意的是星星，"星星轮流照亮爱情"。"星星，那些小小的拳头 / 集结着浩大的游行。"北岛自称是"黑暗中的演讲者"，他对"星星"这个物像的钟情正突现出他作为黑夜中固执的守夜人的形象。由此可见，研究诗人的谱系图是研究诗人的不二之法。

读张毅伟的诗歌，你会发现，他二十几年写的 64 首诗中，几乎有三分之一以上的诗歌写到了冬天，同时也写到了雪。冬天和雪是张毅伟诗歌永远围绕着思考、感觉和寻求答案的两个物像。这是张毅伟诗的谱系图。

我们常常会把冬天看作是一种寒冷、残酷的象征。把雪看作是一种轻盈、洁白的象征。张毅伟笔下的冬天与雪没有这么简单，他的冬天与雪完全是物像、形像、心像的诗的融合，其中有历史、社会的元素，也有个人、生活的元素。他写冬天："当我们感到寒冷 / 我们就和寒冷一起 / 成为冬天的细节 /……因为寒冷你记住温暖 / 只有冬天 / 保存了你的历史 / 你拥抱的以往 / 被制成美丽的插图 / 冬天里的相约 / 只因为一场大雪。"（《冬日絮语》）在这里，诗人明确无误地让我们感觉到冬天是一种历史的寒冷，同时他又说"只有冬天 / 保存了你的历史"，社会、历史与人的关系是如此复杂的关系。但是，在冬天里，人相约于大雪这又是历史的冬天必定融化的更深一层描写。他对历史的冬天的描写是复杂的："是慢板快板交替出现的冬天 / 是响板柔板杂乱无章的冬天 /……苹果是黑的 / 月

亮是红的 / 被捣碎的情形如此完整 / 那个冬天我什么都没有写 / 那个冬天我无所留恋 / 那个冬天我没有想到过爱谁。"(《冬天感觉》)这就是诗人对于复杂历史的直白，而这种直白是"在你经历了温柔 / 和背叛之后 / 语言来找你 / 你却对它感到陌生 / 其实你的恐惧都和昨天有关 / 它们来自空白之处 / 那里曾经被你圈点"(《弥补》)。冬天扮演了这样一种残忍、让人战栗的一种形象，但身处这样历史的人是不能沉默的，人要圈点这样的历史。所以，诗人说"面对沧桑的战栗 / 已经变成雨变成丝……我终于明白了 / 我只是这个冬天的一个部分"。这里表现出诗人无奈、也是实在的情绪。他曾经在另一首诗中是这样写"在冬天里匆匆走过这个年龄 / 然后用刀子切开一个 / 香甜的苹果再现出其中 / 那一颗颗默默的心"(《年龄》)。

雪是诗人的心爱："雪是一种语言 / 述说沉默 / 没有主角的场景 / 犹如画中的留白。"(《冬日絮语》)面对着这样一种洁白的纯真，所以，人才表现出前行的坚定："阳光触及到雪 / 一

个约定正在履行 / 你走近的 / 是为你保存的承诺""岁月仅仅是一个平面 / 被厚厚地掩饰 / 雪是来自天上的文字 / 告诉你最单纯的真相。"(《雪夜笔记》)这里诗人透露的就是一个冬天里的前行者、战栗着的前行者。在好几篇诗歌中，他在写到雪的时候，他往往非常复杂地写"雪把道路隐匿起来 / 告诉你没有方向的快乐"。但是他又说"没有台词的时刻 / 是最具悬念的时刻 / 而雪还是在下 / 这只是全部的主题"。诗人面对不可知的未来，只能说："没有时间的时间里 / 短暂就是永恒。"在另一处地方，诗人更动情地说"其实雪是一部无声的交响乐 / 落在你此时的感动里""你是否会疏忽 / 雪的飞舞 / 正是未来和你的联系"(《下雪》)。

在张毅伟的谱系图中，冬天和雪都是他用内在的看和内在的想的结晶，由此才会呈现出如此立体、丰富、复杂的诗画，真切地情意的感人肺腑才会弥漫在全部诗篇中。

5

　　读张毅伟的诗让我想起两个人的话。第一是尼采说："最好的作者将是那些羞怯于成为作家的人。"（《尼采全集》第 2 卷，第 108 页，中国人大出版社 2012 年版）第二是茨维塔耶娃说："诗人就是那种超越（本应当超越）生命的人。"（《抒情诗的呼吸》），第 102 页，上海译文出版社 2011 年版）

赞语

　　张毅伟自七十年代末开始写作，早年受到"今天派"诗歌的影响，后另辟蹊径，三十多年来潜行于字里行间。他是黑暗中的倾听者和吟唱者，或兼于一身，自问自答，迷失在群山激荡的回声中。

北岛

2014年3月

图书在版编目（CIP）数据

另一种时间 / 张毅伟著 . — 北京：北京联合出版
公司，2016.11
ISBN 978‐7‐5502‐8916‐1

I.①另… II.①张… III.①诗集 – 中国 – 当代
IV.①I227

中国版本图书馆 CIP 数据核字（2016）第 250393 号

另一种时间：诗七十八首

作　　者：张毅伟

选题策划：■活字文化
责任编辑：李　伟
特约编辑：傅春晖
装帧设计：泽　丹
推广发行：后浪出版公司

北京联合出版公司出版
（北京市西城区德外大街 83 号楼 9 层　100088）
北京中科印刷有限公司印刷　经销者：全国新华书店
字数 20 千字　880mm×1230mm　1/32　6 印张
2017 年 1 月第 1 版　2017 年 1 月第 1 次印刷
ISBN 978-7-5502-8916-1
定价：40.00 元